VENTE

du Vendredi 7 Avril 1911

HOTEL DROUOT — SALLE N° 11

A 2 H. 1/2 PRÉCISES

EXPOSITION PUBLIQUE

Le Jeudi 6 Avril 1911

DE 2 H. A 6 HEURES

Aquarelles

PAR

Emile APPAY

M^e Ch. DUBOURG

COMMISSAIRE-PRISEUR

11, Rue Sainte-Anne, 11

M. F. MARBOUTIN

PEINTRE-EXPERT

2, Rue de Marseille, 2

IMPRIMERIE
C. CHAUFOUR
6-8, RUE MILTON
PARIS

CATALOGUE

DES

AQUARELLES

PAR

EMILE APPAY

DONT LA VENTE AURA LIEU

Le Vendredi 7 Avril 1911

A 2 HEURES 1 2 PRÉCISES

HOTEL DROUOT — SALLE N° 11

Mᵉ Ch. DUBOURG

COMMISSAIRE PRISEUR

11, Rue Sainte-Anne, 11

M. F. MARBOUTIN

PEINTRE EXPERT

2, Rue de Marseille 2

EXPOSITION PUBLIQUE

Le Jeudi 6 Avril 1911, de deux heures à six heures

CONDITIONS DE LA VENTE

———

Elle sera faite au comptant.

Les acquéreurs paieront *dix pour cent* en sus des enchères.

L'exposition mettant le public à même de se rendre compte de l'état et de la nature des tableaux, il ne sera admis aucune réclamation une fois l'adjudication prononcée.

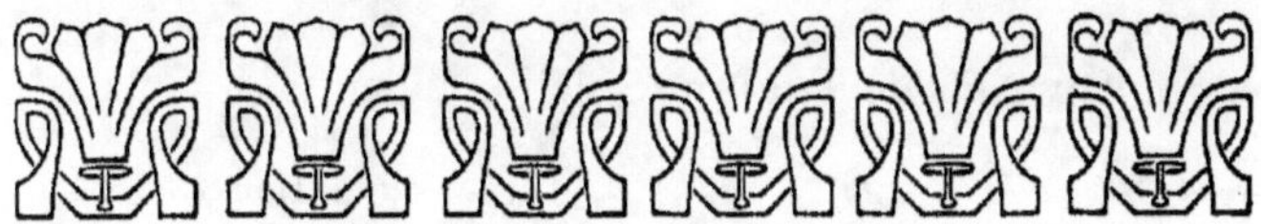

DÉSIGNATION

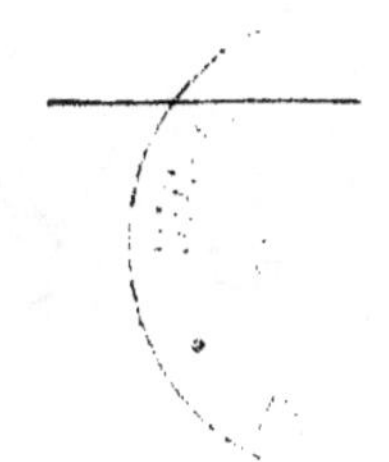

1 — San-Remo

Larg. : 0m36. Haut. : 0m28.

2 — Environs de Toulon.

Larg. : 0m38. Haut. : 0m29.

3 — Bords de l'Eure à Louviers. Soir.

Larg. : 0m46. Haut. : 0m29.

4 — Chemin à St-Just (Eure),

Larg. : 0m25. Haut. : 0m15.

5 — Antibes.

Larg. : 0m18. Haut. : 0m15.

6 — Le port de Marseille.

Larg. : 0m56. Haut. : 0m37.

7 — Le pont-Marie.

Larg. : 0m37. Haut. : 0m28.

8 — Environs de Toulon. Soleil couchant.

Larg. : 0m54. Haut : 0m38.

9 — La plaine de la Crau. Provence.

Larg. : 0m30. Haut. : 0m18.

10 — Le Sémaphore. Côte bretonne.

Larg. : 0m32. Haut. : 0m23.

11 — Etang près Dijon.

Larg. : 0m37. Haut. : 0m26.

12 — Le vieux château de Chinon. Soir.

Larg. : 0m58. Haut. : 0m38.

13 — La Seine au Trocadéro.

Larg. : 0m36. Haut. : 0m26.

14 — Chemin au Cap Brun.

Larg. : 0m30. Haut. : 0m19.

15 — La Seine près Melun.

Larg. : 0m56. Haut. : 0m36.

16 — Paris. Le Pont-Neuf.

Larg. : 0m35. Haut. : 0m24.

17 — Village en Normandie.

Larg. : 0m30. Haut. : 1m21.

18 — Robinson, vue prise du plateau de Châtillon.

Larg. : 0m54. Haut. : 0m37.

19 — Albas sur le Lot.

Larg. : 0^m36. Haut : 0^m29.

20 — Pont de la Tour à Londres.

Larg.: 0^m56; Haut. : 0^m37.

21 - Environs de Concarneau.

Larg. : 0^m38. Haut. : 0^m27.

N° 27

22 — Dans les Grisons.

Larg. : 0^m58. Haut. : 0^m38.

23 — Villeneuve-St-Georges, l'Eglise, automne.

Larg. : 0^m37. Haut.: 0^m26.

24 - Le Port de la Rochelle.

Larg. : 0^m56 Haut. : 0^m37.

25 — Marée basse. Soir d'orage.

Larg. : 0ᵐ47. Haut : 0ᵐ30.

26 — Mantes.

Larg. : 0ᵐ56, Haut. : 0ᵐ37.

27 — Le Pont Henri IV.

Larg. : 0ᵐ37. Haut. : 0ᵐ28.

28 — Bords de la Seine près Gaillon.

Larg. : 0ᵐ33. Haut. : 0ᵐ24.

29 — Côtes de Provence. Été.

Larg. : 0ᵐ56. Haut. : 0ᵐ33.

30 — Dans le vieux port. Marseille, crépuscule,

Larg. : 0ᵐ28. Haut. : 0ᵐ28.

31 — Moulin sur l'Orne.

Larg. : 1ᵐ. Haut. : 0ᵐ74.

32 — Train allant sur Gaillon.

Larg. : 0ᵐ56. Haut. : 0ᵐ37.

33 — Un coin de Westminster. Londres.

Larg. : 0ᵐ37. Haut. : 0ᵐ28.

34 — Environs de Toulon.

Larg. : 0ᵐ29. Haut. : 0ᵐ19.

35 — Alfortville. 24 Janvier 1910.

Larg. : 0ᵐ55. Haut. : 0ᵐ37.

36 — Village près Oissel.

Larg. : o^m25. Haut. : o^m17.

37 — Dans le port. Effet du soir.

Larg. : o^m44. Haut. : o^m29.

38 — Vue de Tower-Bridge. Londres.

Larg. : o^m38. Haut. : o^m27.

N° 40

39 — Marseille. Le Vieux port.

Larg. : o^m18. Haut. : o^m11.

40 — Le Cap Roux (Alpes-Maritimes).

Larg. : o^m51. Haut. : o^m33.

41 — Etretat. La Porte d'Aval.

Larg. : o^m36. Haut. : o^m28.

42 — La Marne à Champigny.

Larg. : 0ᵐ37. Haut. : 0ᵐ28.

43 — La Gare de Villeneuve-Triage. Le Soir.

Larg. : 0ᵐ27. Haut. : 0ᵐ18.

44 — Pilleurs d'épaves. Côte bretonne.

Larg. : 0ᵐ57. Haut. : 0ᵐ40.

45 — Bords de l'Oise.

Larg. : 0ᵐ37. Haut. : 0ᵐ29.

46 — Paquebot à l'ancre à La Ciotat.

Larg. : 0ᵐ47. Haut. : 0ᵐ30.

47 — La Sèvre Niortaise à Clisson. Effet de nuit.

Larg. 0ᵐ39. Haut.: 0ᵐ28.

48 — Etang en Normandie. Lever de lune.

Larg.: 0ᵐ55. Haut.: 0ᵐ37.

49 — La Rade de Toulon.

Larg.: 0ᵐ56. Haut.: 0ᵐ37.

50 — Parc Montsouris. Le Lac.

Larg. 0ᵐ28. Haut.: 0ᵐ19.

51 — Venise. La Rue Saint-Christophe.

Larg.: 0ᵐ32. Haut.: 0ᵐ24.

52 — Auteuil. La Seine au crépuscule.

Larg.: 0ᵐ56. Haut.: 0ᵐ37.

53 — La Route d'Hyeres.

Larg. : 0m55. Haut. : 0m36.

54 — Le Vieux Château aux Andelys.

Larg. : 0m51. Haut. : 0m36.

Nº 57

55 — Paris. L'Église Saint-Médard.

Larg. : 0m28. Haut. : 0m21.

56 — Bords de la Seine près Bonnières.

Larg. : 0m99. Haut. : 0m65.

57 -- Lisieux.

Lavis encre de Chine..

Larg. : 0m13. Haut. : 0m18.

58 — Entrée de village. Normandie.

Larg. : 0m30. Haut. : 0m28.

59 — Etang près Vernon (Soir).

Larg. : 0m38. Haut. : 0m27.

60 — Bordighera (Italie).

Larg. 0m56. Haut.: 0m37.

61 — Navires en réparations dans le port. Marseille.

Larg : 0m56. Haut.: 0m38.

62 -- Bords de l'Epte.

Larg. 0m37. Haut.: 0m28.

63 -- Route aux environs de Melun.

Larg : 0m37. Haut.: 0m28.

64 — Le Fort Saint-Louis. Toulon.

Larg.: 0m37. Haut.: 0m29.

65 — Maisons-Laffitte.

Larg.: 0m55. Haut.: 0m34.

66 — Le Pont-Neuf et le Vert-Galant (Soleil couchant).

Larg.: 0m37. Haut.: 0m27.

67 — Sentier au bord de la Seine près Vernon.

Larg.; 0m37. Haut.: 0m29.

68 — Le Puy. Le Pont Vieux.

Larg. : 0^m59; Haut. : 0^m39.

69 — Yermenonville (Eure-et-Loir).

Larg. : 0^m39; Haut. : 0^m25.

70 — Saint-Laurent du Var.

Larg. : 0^m28; Haut. : 0^m19.

Nº 61

71 — Londres. Tower-Bridge. La Poissonnerie.

Larg. : 0^m37; Haut. : 0^m28.

72 — Environs de Roquebrune.

Larg. : 0^m56; Haut. : 0^m37.

73 — Bords de Seine. Effet du soir.

Larg. : 0^m37; Haut. : 0^m28.

74 — Le Château de Chinon. Crépuscule.

Larg.: 1 m.; Haut.: 0^m74.

75 — Route des Andelys.

Larg.: 0^m38; Haut.: 0^m29

76 — Tunis. Quartier Halfaoëne.

Larg.: 0^m29; Haut.: 0^m21.

77 — La Seine, vue des hauteurs de Vernon.

Larg.: 0^m40; Haut.: 0^m27.

78 — Retour de pêche.

Larg.: 0^m56; Haut.: 0^m3-.

79 — Vue de Chanteloup.

Larg.: 0^m38; Haut.: 0^m28.

80 — Les Pins parasols. Environs de Toulon.

Larg.: 0^m57; Haut.: 0^m38.

81 — Bateaux dans le port de Marseille. Effet de nuit.

Larg.: 0^m37; Haut.: 0^m28

82 — Environs de Vernon.

Larg.: 0^m17; Haut.: 0^m13.

83 — Un Coin près d'Antibes.

Larg: 0^m18; Haut.: 0^m11.

84 — Bords de la Seine à Vernon.

Larg.: 0^m25; Haut. 0^m15.

85 — Les Caissons et les travaux du Métro à Grenelle.

Larg. : 0ᵐ38; Haut. : 0ᵐ27.

86 — Lavoir à Orsay.

Larg. : 0ᵐ28; Haut. : 0ᵐ17.

87 — Vue près Pontoise.

Larg. : 0ᵐ43; Haut. : 0ᵐ27.

88 — Paris. Le boulevard Saint-Denis.

Larg. : 0ᵐ33; Haut. : 0ᵐ23.

89 — Tunnel de Bonnières. Effet du soir.

Larg. : 0ᵐ27. Haut. : 0ᵐ19.

90 — Village de pêcheurs.

Larg. : 0ᵐ32; Haut. : 0ᵐ23.

91 — Une Rue à Tunis.

Larg. : 0ᵐ28; Haut. : 0ᵐ22.

92 — La Seine au pont de la Tournelle. Soir.

Larg. : 0ᵐ38; Haut. : 0ᵐ27.

93 — Marseille. Vue du port.

Larg. : 0ᵐ56; Haut. : 0ᵐ37.

94 — Saint-Chély (Lozère).

Larg. : 0ᵐ37; Haut. : 0ᵐ28.

95 — Tunis. Quartier Halfaoëne.

Larg. : 0ᵐ29; Haut. : 0ᵐ11.

96 — Moutons au pâturage près Vernon.

Larg. : 0ᵐ35; Haut. : 0ᵐ26.

97 — Marseille. Rue de la Tourelle.
Dessin rehaussé.

Larg. : 0ᵐ32; Haut.: 0ᵐ24.

98 — Les Falaises. Environs de Saint-Brieuc.

Larg. : 0ᵐ32; Haut. : 0ᵐ23.

C. Chaufour, Imprim.
6-8, Rue Millon, Paris

RED.:

18

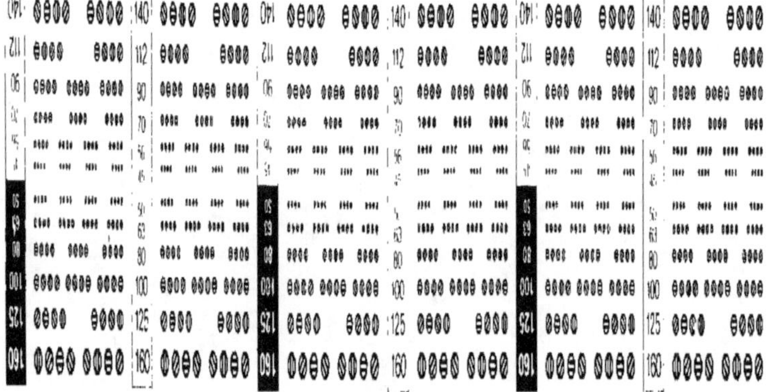

MIRE ISO N° 1
NF Z 43-007
AFNOR
Cedex 7 - 92080 PARIS-LA-DÉFENSE
graphicom

0 1 2 3 4 5 6 7 8 9 10

BIBLIOTHEQUE NATIONALE DE FRANCE

****

CHATEAU DE SABLE

1996